AF341008

AQUARELLES
DESSINS & GRAVURES
Modernes

COMMISSAIRE-PRISEUR

Me PAUL CHEVALLIER
10, rue Grange-Batelière.

EXPERT

M. GEORGES PETIT
8, rue de Sèze

CATALOGUE

DES

AQUARELLES

PAR

H. BARON, CHARLEMONT, JULES DUPRÉ, FRANÇAIS
GUIRAND DE SCEVOLA, HARPIGNIES
ISABEY, JACQUEMART, JAPY, LAMI, LELOIR, MAD. LEMAIRE
LYNCH, NANTEUIL, DE PENNE
ROCHEGROSSE, PH. ROUSSEAU, TROYON, ZUBER

Dessins

PAR

BOUGUEREAU, DETAILLE, L. HERMANN, LELOIR
TH. ROUSSEAU

Composant la Collection de M. J. F...

GRAVURES

Provenant de la Collection de M. X...

ET DONT LA VENTE AURA LIEU

HOTEL DROUOT, Salle n° 11

Le Mercredi 14 Décembre 1904

à 3 heures.

COMMISSAIRE-PRISEUR	EXPERT
Mᵉ PAUL CHEVALLIER	**M. GEORGES PETIT**
10, rue Grange-Batelière.	*8, rue de Sèze*

EXPOSITION

Le Mardi 13 Décembre, de 1 h. 1/2 à 5 h. 1/2.

CONDITIONS DE LA VENTE

Elle sera faite au comptant.

Les acquéreurs paieront *dix pour cent* en sus des prix d'adjudication.

Paris — Imp. Georges Petit. - 14946-04.

AQUARELLES

BARON (Henri)

1 — *Une Partie de plaisir.*

Signé à droite, sur le bord du bateau.

Haut., 25 cent.; larg., 36 cent.

(Vente Hartmann, avril 1899.)

CHARLEMONT (E.)

2 — *Le Hallebardier.*

Signé à gauche.

Haut., 33 cent.; larg., 23 cent.

(Vente Adam-Muri.)

CHARLEMONT (E.)

3 — *Le Tambourinaire.*

Signé à gauche.

Haut., 5o cent. ; larg., 34 cent.

(Vente Adam-Muri.)

DUPRÉ (Jules)

4 — *Chevaux à l'abreuvoir.*

Signé à gauche.

Haut., 23 cent.; larg., 47 cent.

(Vente Charles G..., juin 1900.)

FRANÇAIS (Louis)

5 — *Le Ruisseau du Parc, à Plombières.*

Haut., 44 cent.; larg., 34 cent.

(Vente Hartmann, avril 1899.)

GUIRAND DE SCÉVOLA

6 — *Stella.*

Signé en haut, à droite.

Haut., 49 cent.; larg., 37 cent.

HARPIGNIES (H.)

7 — *Les Bords du Cousin, près d'Avallon.*

Signé à gauche et daté : *1869.*

Haut., 33 cent.; larg., 41 cent.

(Vente de Beriot, mars 1901.)

ISABEY (Eugène)

8 — *Le Page.*

Signé à gauche et daté : *1867.*

Haut., 27 cent.; larg., 21 cent.

(Vente Charles G..., juin 1900.)

JACQUEMART (Jules)

9 — *Paysage du Midi.*

Signé à gauche et daté : X^{bre} *79.*

Haut., 29 cent.; larg., 45 cent.

JAPY (Louis)

10 — *Le Loing, à Malesherbes (Loiret).*

Signé à droite, et daté : *1880.*

Haut., 34 cent.; larg., 27 cent.

(Vente Hartmann, avril 1899.)

LAMI (Eugène)

11 — *L'Enlèvement.*

Signé à gauche et daté : *1877.*

Haut., 33 cent.; larg., 26 cent.

LÉLOIR (Louis)

12 — *La Femme au tambourin.*

Signé à droite et daté : *1877.*

Haut., 33 cent.; larg., 13 cent.

(Vente Charles G..., juin 1900.)

LELOIR (Maurice)

13 — *Sur le Rhône.*

La barque contenant Cinq-Mars et de Thou fut attachée au riche bateau où se trouvait Richelieu.

Signé à droite.

Haut., 57 cent.; larg., 91 cent.

LEMAIRE (Madeleine)

14 — *Un Panier de violettes.*

Signé à droite.

Haut , 48 cent.; larg., 34 cent.

(Vente Hartmann, avril 1899.)

LEMAIRE (Madeleine)

15 — *Un Vase d'œillets.*

Signé à droite.

Haut., 5o cent.; larg., 58 cent.

LYNCH (Albert)

16 — *Tête de jeune femme.*

Signé à droite.

Haut., 28 cent.; larg., 20 cent.

NANTEUIL (Célestin)

17 — *Étude.*

Signé à droite et daté : *1872.*

Haut., 44 cent.; larg., 48 cent.

(Vente Hartmann, avril 1899.)

DE PENNE (O.)

18 — *Un piqueur et un relais de chiens en vedette par un temps de neige.*

Signé à gauche.

Haut., 27 cent.; larg., 44 cent.

(Vente Moreau-Nélaton, mai 1900.)

ROCHEGROSSE (Georges)

19 — *Salammbô recevant Amilcar.*

Signé en haut, à droite.

Haut., 42 cent.; larg., 27 cent.

ROUSSEAU (Philippe)

20 — *Portraits de chiens.*

Trois miniatures signées : *R.*

(Vente Moreau-Nélaton, mai 1900.)

TROYON (C.)

21 — *Paysage.*

Signé à droite.

Haut., 31 cent.; larg., 23 cent.

(Vente Charles G..., juin 1900.)

ZUBER (Henri)

22 — *Les Pyrénées vues des Landes, à Lannemezan.*

Signé à gauche et daté : *1884.*

Haut., 29 cent.; larg., 44 cent.

(Vente Alfred Hartmann, avril 1899.)

ZUBER (Henri)

23 — *La Mer à l'Ile Sainte-Marguerite,
près de Cannes.*

Signé à droite et daté : *82.*

Haut., 29 cent.; larg., 49 cent.

(Vente Alfred Hartmann, avril 1899.)

DESSINS

BOUGUEREAU

24 — *Étude.*

>> Signé à droite.

>> Haut., 18 cent.; larg., 14 cent.

DETAILLE (Edouard)

25 — *Highlander.*

>> Dessin à la plume.
>> Signé à gauche et daté : *1880.*

>> Haut., 20 cent.; larg., 15 cent.

>> *(Vente Adam-Muri.)*

HERRMANN (Léo)

26 — *Incroyable.*

Dessin à la plume.
Signé à droite.

Haut., 24 cent.; larg., 27 cent.

HERRMANN (Léo)

27 — *Incroyable.*

Dessin à la plume.
Signé à droite.

Haut., 23 cent.; larg., 16 cent.

LELOIR (Maurice)

28 — *Devant l'ennemi.*

Dessin à la plume.
Signé à gauche.

Haut., 19 cent.; larg., 28 cent.

LELOIR (Louis)

29 — *Le Repos.*

Dessin à la plume.
Signé à gauche et daté : *1874.*

Haut., 29 cent.; larg., 25 cent.

(Vente Alfred Hartmann, avril 1899.)

ROUSSEAU (Th.)

3o — *La Mare.*

Dessin à la plume.
Signé à droite : *Th. R.*

Haut., 10 cent.; larg., 21 cent.

(Vente Charles G..., juin 1900.)

Collection de M. X...

DESSIN

HÉBERT

31 — *La Moisson dans la Campagne ro-
maine.*

Signé à gauche, en bas.

Haut., 32 cent. ; larg., 26 cent.

GRAVURES

BOULARD

32 — *Neuville.*

D'après Daubigny.
Épreuve de remarque sur parchemin.
Signé.

BRACQUEMOND

33 — *Jeune bergère.*

D'après J.-F. Millet.
Épreuve de remarque sur parchemin.
Signé.

BRACQUEMOND

34 — *Le Nouveau-né.*

D'après J.-F. Millet.
Épreuve de remarque sur parchemin.
Signé.

LAGUILLERMIE

35 — *La Vierge au baiser.*

D'après Hébert.
Épreuve de remarque sur parchemin.
Signé.

LEFORT

36 — *Le Printemps.*

D'après Alfred Stevens.
Épreuve de remarque sur parchemin.
Signé.

MATHEY

37 — *Charles Ier.*

> D'après Van Dyck.
> Épreuve d'artiste sur parchemin.
> Signé.

MILLET

38 — *Bergère.*

> Gravure sur Hollande.

WALTNER

39 — *Salomé.*

> D'après H. Regnault.
> Épreuve de remarque sur parchemin.
> Signé.

WALTNER

40 — *L'Amour et Psyché.*

> D'après Paul Baudry.
> Épreuve de remarque sur parchemin.
> Signé.